Paysages avec figures

~

Landscapes with Figures

« Accent tonique »
Collection dirigée par Nicole Barrière

« Accent tonique » est une collection destinée à intensifier et donner force au ton des poètes pour les inscrire dans l'histoire.

Dernières parutions

MON REVE A CORDOUE AVEC UN HOMMAGE À GRENADE - MI SUEÑO EN CÓRDOBA CON HOMENAJE INCLUIDO A GRANADA
Giovanni Dotoli

NEANT ROSE
Dana Shishmanian

QUINTINA
Nathalie Cousin

EN UN CLIN D'OEIL
Oscar Hahn

L'AMOUR ET LA VIE... ET D'AUTRES POÈMES
ÁSTIN OG LÍFIÐ... OG FLEIRI LJÓÐ
Thór Stefánsson

ELEPHANT
Teresa Calderón

EN UN CLIN D'OEIL
Oscar Hahn

L'OR DU DÉSIR
Marie-Lise Corneille

LES REVES DE MCLUHAN
Hassan El Ouazzani

ENCORE QUELQUES ANNEES A VIVRE, UNE ETERNITE
Simone Landry

Jean-François Sené

Paysages avec figures

~

Landscapes with Figures

Traductions revues par Norton Hodges

Du même auteur

Récentes publications

La lecture, Essais avec Mme Jin Sin Yan (Paris, DDB, 2012)

Portrait du poète en miroir brisé, Poèmes
(Paris, PIPPA Éditions, 2014)

~

La lecture, Essays with Ms Jin Sin Yan (Paris, DDB, 2012)

Portrait du poète en miroir brisé, Poems
(Paris, PIPPA Éditions, 2014)

5-7, rue de l'Ecole-Polytechnique, 75005 Paris

http://www.editions-harmattan.fr

ISBN : 978-2-343-13591-5
EAN : 9782343135915

Love asks me no questions,
and gives me endless support.

William Shakespeare

(L'amour ne me pose aucune question
et m'apporte un soutien sans fin.)

C'était l'amant parfait,
celui qu'aucune femme n'aimait,
mais qui les aimait toutes.

Elles hantaient ses rêves
quoique l'aiguillon ne fût pas son fort.

Errant éternel
dans les jardins d'Eden et de Cythère,
gardiens de leurs clefs cachées.

Il battait les buissons,
là où elles celaient leurs charmes secrets.

Il était le vent jouant dans leur chevelure,
les vagues qui les baignaient,
le soleil qui baisait leurs lèvres salées.

Elles souriaient, chantaient, dansaient,
et il aimait cela.

Un jour il s'éveilla enfin.

(Nulle part, 2013)

He was the perfect lover,
the man no woman loved,
but who loved them all.

They haunted his dreams
though kicks weren't his thing.

He was the eternal wanderer
in the gardens of Eden and Cythera,
the keepers of their hidden keys.

He beat the bushes where
they had hidden their secret charms.

He was the wind playing in their hair,
the waves that washed over them,
the sun that kissed their salty lips.

They smiled, sang, danced,
and he loved it.

Then one day he woke up.

(Nowhere, 2013)

J'étais déjà si proche des fins
que je ne terminais pas mes amours.

J'enviais de loin
les blondes demoiselles,
petits rapaces diurnes
aux ailes de soie fleurie,
qui se posaient à peine
à l'ombre des terrasses
devant des verres embués
d'orgeat et de blanche vodka.

Les ciels étaient gris, étaient bruns, étaient bleus,
parcourus de rayons verts,
tout comme l'étaient leurs yeux.

Je ne croyais déjà plus
à l'encens des églises,
et des parcs bruyants fuyais
les mioches et les chiots.

Les rues seules m'attiraient,
leurs boutiques, leurs étals sous le vent,
corne d'abondance déversée
en une savante géométrie,
piles de cageots oscillants, voitures à bras
lourdes de figues, d'oranges et de mangues,
venues de lointains où jamais je n'irais.

Dis-moi, me disais-tu, *tu m'aimes?*

I was already so close to the end
that I didn't bother to finish my love affairs.

From afar, I would covet
the blonde girls,
little daylight raptors
with wings of flowered silk,
who settled lightly
in the shadow of the terraces
in front of misty glasses
with orgeat and white vodka.

The skies were grey, brown or blue,
shot through with rays of green light,
just like their eyes.

By then I had already lost my belief
in the incense of churches,
and I already avoided the noisy parks
full of kids and puppies.

Only the streets attracted me,
the shops, the stalls in the wind,
a horn of plenty tipped out
in a subtle geometry,
stacks of swaying crates, handcarts
heavy with figs, oranges and mangoes,
come from distant lands I would never visit.

Tell me, do you love me? you used to ask.

Je marchais d'un pas vif, ne m'attardant guère,
m'emplissais d'odeurs, le cœur chaviré,
et ne m'arrêtais que pour chiper un fruit,
en lançant pour obole
un sourire à la fraîche vendeuse.

Parfois je restais en suspens et suivais
le tremblement des vitraux
que les platanes peignaient
sur le boulevard, et c'était bien ainsi.

Je t'aime, oui, murmurais-je si bas
que tu ne m'entendais pas.

Le fleuve n'avait d'attrait
qu'au matin et au soir
quand le soleil rasant
émaillait de ses feux
les eaux lentes et lourdes
où les barges traçaient de brefs sillons.
Là, il était bon de flâner
devant les caisses de livres
et les colifichets pour touristes pressés.

Dis-moi encore, suis-je belle ?

Oui, tu es belle comme ces longues femmes
des Caraïbes qui portent leurs corbeilles
bien droit sur la tête et vont d'un pas dansant.

I strode along, never pausing too long,
breathed in the aromas with a leaping heart,
and only stopped to snaffle a piece of fruit,
paying simply by casting
a smile at the fresh young girl behind the stall.

Sometimes I hung about and watched
the trembling of the stained-glass pictures
the plane trees painted
on the boulevard and all was well.

I love you, yes, I would murmur so low
that you couldn't hear me.

The river was only alluring
in the morning and evening
when the low sun's fiery rays
enamelled the slow and heavy waters
where the barges traced brief furrows.
It was pleasant to stroll there
in front of the booksellers' boxes
and the cheap souvenirs for tourists in a hurry.

Tell me again, am I beautiful?

Yes, you are as beautiful as those long-limbed women
of the Caribbean who carry their baskets
bolt upright on their heads and walk with a dancing step.

Mais je ne disais rien.

Les voitures passaient
dans un bruit de fanfare
désaccordée.
Devant l'entrée des immeubles d'affaires,
à ta vue, les hommes en costard
redressaient le cou,
cerfs à la saison du rut.

Ma bourse était plate
tout comme mes pensées,
et j'étais bien trop sage.

Pourquoi ris-tu ?

Je ne savais pas, pour rien peut-être.

Les étroites ruelles aux bistrots
enfumés m'étaient parfois refuges
pour griffonner des vers
tristes comme les tables de bois
auréolées de bière ou de café.
Au zinc les demis défilaient
comme au 14 juillet,
le patron éructait des rancœurs
indigestes qui trouvaient un écho.
Et moi, je m'en foutais.

À qui penses-tu, dis-moi ?
À toi, encore et encore,
mais les mots se refusaient.

But I didn't reply.

Cars passed
with a noise like an out of tune
brass band.
In front of the entrances to office buildings,
when they saw you, men in suits
raised their heads,
like stags in the rutting season.

My purse was empty
just like my mind
and I was much too well-behaved.

Why are you laughing?

I didn't know. Maybe for no reason.

The narrow lanes with their smoky
cafés sometimes served as a shelter
where I could scribble down a few lines
that were as sad as the wooden tables
haloed with beer or coffee.
At the bar the pints of beer paraded
as if it were the 14th of July,
the proprietor belched out grievances
difficult to digest and that echoed back to him.
And me, I couldn't have cared less.

Tell me, who are you thinking about?
About you, time and time again,
but the words wouldn't come.

Je rêvais de la petite chambre archivée
sous les toits où tu m'emmènerais,
mais attendais toujours la noirceur de la nuit.
Il y avait tant de choses à voir,
à goûter, à tenter, à saisir.

Sous la lumière des réverbères,
les femmes prenaient des couleurs
de poissons tropicaux.
La moindre auberge s'enflammait
et les mendiantes elles-mêmes
avaient des ports de reine.

Allons, viens, disaient des filles
voilées de minces linges
à peine opaques,
et tu me retenais.

J'étais las et malade et ivre
d'une crainte sans raison.

Des musiques se mêlaient
aux cris des fumeurs
ancrés sur les trottoirs
dans la brise du soir,
et les cabarets déployaient
sur la chaussée leurs nappes
d'or et de sang illusoires.

Le rouge était alors mon blason.

I dreamed about the little room filed
beneath the roofs where you would lead me,
but I always waited for the darkness of night.
There were so many things to see,
taste, try and grasp.

Beneath the light from the street lamps,
women took on the colours
of tropical fish.
the meanest inn blazed with light
and even the beggar women
bore themselves like queens.

Come on, let's go, said the girls
veiled in cloth so thin
it was barely opaque,
but you held me back.

I was tired and ill and drunk
with a fear beyond reason.

Music mixed in
wth the cries of the smokers
rooted on the pavements
in the evening breeze,
and the cabarets spread out
onto the roadway their illusory cloths
of gold and blood.

Red was then my coat of arms.

À l'heure la plus petite,
le métro était le havre
des derniers baisers ;
je les comptais comme on compte
les pétales de marguerite.
Les rames surgissaient en hurlant ;
je les laissais filer sans en prendre aucune
pour attendre d'autres couples avides
de caresses et de rêves.

À quoi tu songes?, soupirais-tu.

À demain peut-être,
à l'aurore rose et au fracas
des camions de livraison,
à la fraîcheur de l'air,
au bol de café et aux tartines beurrées
pris en vitesse au premier bar venu.

À toi aussi, sommeilleuse,
sans fard et souriante,
comme au premier jour
quand, jeune encore,
je ne te connaissais pas.

Embrassez-moi, aviez-vous insisté alors.

J'ai tout oublié ou presque.

At the earliest hour of the day,
the metro was the haven
of last kisses;
I counted them as one counts
the petals of a daisy.
the trains roared in;
I let them go without boarding
and waited for other couples avid
for embraces and dreams.

What are you thinking about? You whispered.

Of tomorrow perhaps,
of the pink dawn and the noise
of delivery vans,
of the coolness of the air,
of bowls of coffee and bread and butter
quickly swallowed at the first bar that came along.

Of you too, sleepy one,
without make-up and smiling,
like on that first day
when, still in my youth,
I didn't know you.

Kiss me, you insisted then.

I have forgotten everything, or nearly.

Ne reste rien que ces clochers,
ces dômes, ces tours, ces tranchées,
ces gisants, ces errants, ces amants,
la ville, ses mirages, ses miracles
et ses morts exposés
sur les plaques des rues,

rien qu'un tumulte incessant
de vide et de trop plein.

(Paris, 2011, Poème paru dans la revue *PAN*, n° 0, 2013)

There’s nothing left but those spires,
domes, towers, trenches,
recumbant figures on tombs, wanderers, lovers,
the city, its mirages, its miracles
and its dead displayed
on street signs,

nothing but an endless tumult
too empty, too full.

(Paris 2011, Published in *PAN* magazine n° 0, 2013)

J'ai vu un transatlantique
remonter la Contrescarpe,
ses pavillons pathétiques
frissonnant dans le vent.

De ses cheminées des troupeaux
de moutons gris fondaient
dans le ciel crayeux.

Sur le pont inférieur les passagers
se pelotonnaient pour ne pas heurter
les auvents déployés.

Devant Saint-Médard le commandant
ôta son panama au ruban bleu
et ânonna une vague prière
pour conjurer les humeurs de la mer.

En traversant les Tuileries
un bateau de croisière avait coulé
entre deux petits voiliers
au tréfonds du grand bassin.

I saw an ocean liner
steaming up the rue de la Contrescarpe,
its pathetic flags
shivering in the wind.

From its funnels, herds
of grey woolly clouds blended
into the chalky sky.

On the lower desk the passengers
bunched together to avoid colliding with
the shop awnings.

In front of Saint-Médard, the captain
took off his panama with the blue ribbon,
and mumbled a vague prayer
to ward off the spirits of the sea.

When crossing the Tuileries,
a cruiser ship sank
between two toy sailboats,
down to the bottom of the *grand bassin.*

On sauva une passagère,
vieille dame très digne
chaussée de lorgnons en argent,
qui s'étonna de la fraîcheur de l'air.

Les pigeons n'en furent pas
outre mesure médusés.

Si l'on en croit les dires,
on nomma une chaisière
gardienne du phare à venir
près de la *Rivière* affriolante de Maillol.

Elle y serait encore.

(Paris, printemps 2013)

One passenger was saved,
a very dignified old lady
who wore silver pince-nez,
and expressed surprise at the freshness of the air.

The pigeons weren't
unduly worried by all this.

If you believe what people say
they nominated a chair attendant
keeper of the lighthouse to be built
near Maillol's alluring "*Rivière*".

They say she is still there.

(Paris, Spring 2013)

I

Orante sur le sable,
tu interroges les oracles
des oiseaux antiques.

Tout bouge, rien ne change.

Surtout ne retouche pas
le désordre du monde.

II

La mer d'écailles
lacère la taie de l'œil.

Fuyant les herbes maigres
où s'ancre la soif d'une eau rare,

tu cours vers l'appel,

soupir à peine, du ressac.

Seaside wanderings

I

Praying on the sand,
you consult the oracles
of ancient birds.

Everything is in motion, nothing changes.

Do not retouch
the disorder of the world.

II

The scaly sea
rips apart the opaque spot in the eye.

Fleeing from the meagre grass
where the thirst for scarce water is rooted,

you run to the call of the surf

that mere whisper.

III

Tu renais des flots,
vierge ondoyée de larmes légères
qui se muent
en anneaux de sel.

Ici le temps ne passe pas,

pourquoi donc se hâter ?

IV

Rochers empannés
au cimier enneigé
qui palpite et t'étonne.

Une gerbe jaillit,
deux, trois, sous la houle.

Dans un miaulement de deuil,
les lourdes nefs hissent les voiles…

Rien que l'effroi des mouettes
qui laissent les pierres à vif.

III

You are born again from the waves,
a virgin christened with light tears
that turn into
rings of salt.

Here time doesn't pass,

so why should we hurry?

IV

Becalmed rocks
with their snowy crests
that quiver and puzzle you.

A surging wave,
then two, and three from the swell.

With a mournful howl
the heavy vessels hoist their sails…

It's simply the frightened seagulls
leaving the rocks bare.

V

Chapardeuse,
tu erres à cloche-cœur
au marché mosaïque.

Pastèques vert olive, olives roses ou ébène,
collines d'épices, citrons seins dardés,
figues impudiques…

Le poulpe de bronze
n'effraie pas plus les amants
que le serpent mythique.

VI

Ciel plus blanc que bleu,

mer, ciel inversé
où jadis Icare s'est abîmé
dans son image même.

Tout est reflets
dans ce monde flottant.

V

You, little sneak thief,
wander and skip lovingly
through the mosaic marketplace.

Olive-green water-melons,
pink or ebony olives,
mounts of spices, lemons
like pointed breasts,
indecent figs…

The brass octopus on the fountain
doesn't frighten the lovers
any more than did the mythical snake.

VI

The sky more white than blue,

the sea, like the reverse of the sky,
where Icarus once disappeared
into his own image.

There are nothing but reflections
in this floating world.

VII

Le soleil filtre à travers
le moucharabieh des pins
et ombre de mascara
tes paupières mi-closes.

Un peu de vin vert suffit
à rosir tes joues,
un désir de baiser
enflamme tes lèvres.

VIII

Le soir, la chaleur
sourd des murs
dans l'air paresseux.

La mer de laque noire se prête
aux jeux de la lune,
émule de Soulages.

Étendue nue sur la terrasse,

tu comptes pour t'endormir les stries
que tracent ses fins couteaux.

VII

The sun filters through
the *moucharabieh* of the pine-trees
and darkens your half-closed eyelids
with mascara.

A drop of dry wine is enough
for your cheeks to blush,
a desire to be kissed
inflames your lips.

VIII

At night, the heat
oozes from the walls
into the indolent air.

The black lacquered sea lends itself
to the games of the moon,
Soulages's disciple.

Lying naked on the balcony,

to fall asleep, you count up the streaks
its thin palette knives are tracing.

IX

Là-haut le phare,
ciboire dérisoire
sous l'hostie sanguinolente
d'une étoile moribonde.

Veilleuse mutine, tu guettes
les feux des naufrageurs
et leurs barques pointues,

nul ne sait où.

X

Du haut des Pierres Blanches,
où croulent les murets
d'incertaines bergeries,

entre les pins tortus,
s'inscrit l'étang, mer miniature
où volent des voiles sans coque.

Les humeurs du vent
frisent l'andain de tes cheveux.

IX

Up there stands the lighthouse,
that derisory ciborium
under the bleeding host
of a dying star.

You, mischievous watcher, are looking out for
the fires of the wreckers
and their boats as sharp as daggers,

            nobody knows where.

X

From the top of the Pierres Blanches,
where the low walls of uncertain
sheepfolds are crumbling into ruin,

in between the twisted pine-trees,
the Thau basin appears, like a tiny sea
where sails without hulls are flying.

The moods of the wind
            curl the swath of your hair.

XI

Sur le brise-lames s'étaient dressés
les brasiers de sarments de la sardinade.

Un rosé ambré nous avait grisés.
La nuit était tiède comme une main d'enfant.

Au retour, l'odeur fauve du gril
nous suivait sur la promenade.

J'ai résisté aux accents fiévreux
de ta voix pour ne pas te prendre, là,
        au pied de la corniche.

XII

Une fois encore
tu t'es enfoncée
dans les eaux.

Une fois encore
tu as nagé vers les bouées
et l'errance d'Ulysse
au-delà de la digue.

Et tu n'es pas revenue,
        Aphrodite aux flots rendue.

(Sète, juillet 2011)

XI

On the breakwater, fires of vine tendrils
were lit to grill sardines.

An amber-coloured rosé had made us tipsy.
The night was warm like a child's hand.

On the way back, the wild smell of the grill
followed us along the promenade.

I resisted the feverish tones
of your voice and didn't take you there and then,
          at the foot of the rocky coast.

XII

Once again
you dived
into the sea.

Once again
you swam towards the buoys
and Ulysses' wanderings
beyond the jetty.

And you didn't come back,
          Aphrodite returned to the waves.

(Sète, July 2011)

les miroirs nous renvoient
à notre étrangeté
à cette gravité éphémère
si proche si lointaine

la main hébétée
ne saisit que son spectre
le visage que son masque

le désir se fond
dans une image incongrue

ma peur et mon plaisir
sont ce reflet
dans ton regard

oh j'ai tant désiré
être toi
belle barbare

hanté tes rêves
habité ton corps
ta bouche
tes yeux
ton cœur

les faire miens
ne faire qu'un

mais les miroirs
s'embuent

(Barcelone, 27 août 2005)

mirrors send us back
to our strangeness
to that ephemeral gravity
so close but so distant

the stunned hand
can only grasp its ghost
the face its mask

desire dissolves
into an odd image

my fear and my pleasure
are this reflection
in your eyes

oh I've wanted so much
to be you
my barbarian beauty

to haunt your dreams
to inhabit your body
your mouth
your eyes
your heart

to make them mine
to make one from two

but mirrors
grow misty

(Barcelona, 27 August 2005)

« Il
Restera toujours
Une fenêtre où se pencher,
Des promesses à tenir,
Un arbre où prendre appui. »

Andrée Chedid

Une femme coupée en deux
à sa fenêtre…

Tout semble suspendu,
prêt à saisir et si loin
cependant… Se pencher encore…
À quoi bon ?

Il suffit de tendre la main
et d'y croire.
Oublier le mur pour ne voir
que le jardin,
oublier le spectre de la fleur
Et croquer la chair du fruit,
effacer l'écorce crue de l'arbre
pour entendre les trilles de l'oiseau.

Chaque jour la marée de l'aube
efface les rides de la nuit.
Trop de malheurs ne sauraient
justifier le malheur.

Tout semble à saisir
pour en jouir,
suspendu et si proche
néanmoins.

> “There
> will always be
> a window to lean out of,
> promises to keep,
> a tree to bear our weight.”
>
> Andrée Chedid

A woman at her window
cut in half…

Everything seems to hang suspended
ready to be grasped and yet
so far away…if you leaned out a little further…
what would happen?

You just have to reach out your hand
and believe it’s the right way.
You have to forget the wall so as only to see
the garden,
you have to forget the ghost of the flower
and bite into the flesh of the fruit,
you have to erase the rough tree bark
to hear the bird’s song.

Every day the tide of the dawn
smooths out the wrinkles of the night.
Too many misfortunes can never
justify one more.

Everything seems ready to be grasped
and enjoyed,
suspended and yet
so near.

Il suffit d'oser.

Le mur disparaît
et la femme coupée
à sa fenêtre
se dresse flamboyante
dans sa juste nudité.

Les mots sauvent les choses
infiniment périssables…

(De ma fenêtre, avril 2013)

You just have to take a risk.

The wall disappears
and the woman who was
cut in half at her window
stands up like a flame,
in her proper nakedness.

Words preserve
what is infinitely perishable.

(From my window, April 2013)

INFIME SILHOUETTE

Sur la plage, infime silhouette
qu'un petit havresac rend gibbeuse
dans la diagonale du vent.

Auréolée d'un soleil d'or gris,
pieds nus comme au premier jour du monde,
elle va, *mendicante* d'un bonheur
enfoui sous l'arête d'un temps
qui ne passe pas.

En sa quête inquiète,
elle s'offre aux émerveillements
à venir, je le sais et le sens,
tant elle croit
en ce qu'elle ignore encore.

Et disparaît…

Illusion peut-être…

(Le Touquet, juin 2011)

A TINY FIGURE

On the beach, a tiny figure
with a small rucksack, like a gibbous moon
in the slant wind.

Adorned with a grey-gold sun,
her feet as bare as on the very first day of the world,
she goes, like a beggar seeking happiness
buried beneath the ridge of a time
that never passes.

In her unquiet quest,
she is open to the wonders
to come, I know it and feel it,
she believes so strongly
in what she still doesn't know.

Then she disappears…

Perhaps all that was a dream…

(Le Touquet, June 2011)

À M. A.

Terre terraquée,
d'une platitude sans limites
semée de *hammocks*.

Les villes ont chassé la mangrove
qui, la nuit, rampe
et revient les envahir.
Noms improbables, Venice,
Naples, Saint-Petersburg,
Babel de paroles perdues
aux architectures métisses.
Plages stupides de chaleur…

On raconte que,
dans les villas au luxe trompeur,
sommeillent de vieux squales
aux dents usées
et des putes peintes
comme des baraques foraines.

Le jour, dans le ciel,
au-dessus des décharges,
planent des vautours.

Seule une ombre, trop brève,
virginale silhouette
fine et vive,
éclaire parfois ce désert.

(Miami, avril 2011)

To M. A.

A marshy landscape,
flat, limitless,
and strewn with hammocks.

The cities have chased away the mangroves
but, at night, they creep back
for a fresh invasion.
Improbable names, Venice,
Naples, Saint-Petersburg,
a Babel of lost words
and an architecture of exotic mixtures.
Beaches stupefied with heat…

They say that,
in the deceptively luxurious villas,
there doze old sharks
with worn-out teeth
and whores painted
like fairground booths.

During the day, in the sky,
above the rubbish dumps,
vultures hover.

Sometimes one shadow, too fleeting,
a virginal silhouette,
delicate and lively,
lights up this desert.

(Miami, April 2011)

Première rencontre

Elle était là
au bord du trottoir
au seuil de l'oubli,
so close, so far away…

Son image s'estompa soudain
dans le flux et le reflux du trafic,
émergea de nouveau,
et elle se retrouva assise
près de moi à la terrasse
du Café de la Paix.

Elle commanda un chocolat chaud
et moi un double expresso.
Il faisait un froid de loup.
Le grondement des voitures et des bus
étouffait notre conversation.
Elle se penchait vers mon oreille,
moi vers ses lèvres.

Elle alluma une fine cigarette
et me donna un manuscrit
à lire et à commenter.

Elle m'avait connu, dit-elle,
dans une autre vie. Laquelle,
elle n'en dit rien.

Cela paraissait improbable,
mais elle était poète
et il fallait la croire.

THE FIRST MEETING

She was there
on the curb
on the threshold of oblivion,
so close yet so far away…

Her image suddenly melted
into the ebb and flow of traffic,
reappeared,
and then she was sitting
next to me on the terrace
of the Café de la Paix.

She ordered a hot chocolate
and I ordered a double espresso.
It was bitterly cold.
The roar of cars and buses
stifled our conversation.
She leant towards my ear
and I leant towards her lips.

She lit a thin cigarette
and gave me a manuscript
to read and comment on.

She'd known me, she said,
in another life, although
she never said which one.

That seemed improbable
but she was a poet
and I had to believe her.

Toujours est-il, quand elle me quitta
le froid était plus mordant et je me sentis mal.

J'ignorais si je la reverrais.

Hélas je la revis.

Ne me demandez pas comment ni pourquoi.

(Paris, place de l'Opéra, février 2011)

Anyway, when she left me
the cold was even more biting and I felt ill.

I didn’t know if I’d see her again,

but alas, I did.

Don’t ask me how or why.

(Paris, Place de l’Opéra, February 2011)

Trafalgar Square

À quelques pas de « Strange Beauty »
– étrange expo de toiles allemandes –
un coq bleu sur un piédestal défie
Nelson fièrement debout
sur sa colonne

Trois silhouettes assises drapées
de robes noires ou vertes
lévitent agrippées
à de grosses cannes
plantées dans le sol

Des badauds béats s'arrêtent
les contemplent prennent des photos
laissent parfois tomber quelques pièces
dans les tasses en plastique
que ces bouffons ont posées par terre

Au centre d'un cercle de spectateurs exaltés
un Prométhée se démène de façon ridicule
pour se libérer des chaînes et des cadenas
qui l'entravent
quelque part une cornemuse
joue une marche écossaise

Et là perdue dans la foule
nue elle émerge de la mer

Tu fermes les yeux grand ouverts
quand tu les rouvres elle a disparu
rosée au soleil

(Londres, mars 2014)

TRAFALGAR SQUARE

A few steps away from “Strange Beauty”
– a peculiar exhibition of German painting –
a blue cock on a pedestal is challenging
Nelson who is proudly standing
on his column

Three silhouetted figures draped
in black or green robes are sitting
suspended in space
holding onto large poles
planted in the ground

Inanely grinning passers-by stop
stare at them take photos
sometimes drop a few coins
into the plastic cups
these clowns have placed on the ground

In the middle of a circle of excited spectators
a Prometheus is struggling in a foolish way
to free himself from the chains and padlocks
in which he is shackled
somewhere some pipes are playing
a Scottish march

And there lost in the crowd
naked she emerges from the sea

You close your eyes wide open
and when you look again she has disappeared
like dew in the morning sun

(London, March 2014)

Hier…

(Clin d'œil à Georges Perec)

J'ai aimé que vous arriviez d'un pas léger à l'heure suggérée…
J'ai aimé que vous soyez vêtue de façon étrangement élégante et négligée…
J'ai aimé que vous vous montriez curieuse dans vos goûts…
J'ai aimé que vous appréciiez raffinement et simplicité…
J'ai aimé ce soupçon de gourmandise maîtrisée par un souci déplacé de l'apparence…
J'ai aimé votre silence que j'ai brisé avec une pachydermique légèreté…
J'ai aimé que vous jouiez, mine de rien, le rôle de confesseur ou de psy…
J'ai aimé, charmante bourgeoise du Marais, que vous suggériez
de prendre le café dans votre lumineux appartement…
J'ai aimé votre proche distance et votre lointaine intimité…
J'ai aimé que vous me laissiez voir vos fines attaches alors que me hantaient
les traces de vos tourments passés…
J'ai aimé que vous releviez chez moi certaines failles, insatisfaction, peur du manque,
naïveté…
J'ai aimé votre ironie en demi-teinte, coup de griffe pour prévenir je ne sais quel
épanchement sentimental auquel vous auriez pu céder…
J'ai aimé que vous songiez, sottement, à un certain jour de mai…

YESTERDAY…

(A knowing wink to Georges Perec)

I loved that you arrived with a light step at the suggested time…
I loved that you were dressed in a strangely elegant and careless manner…
I loved that you seemed curious in your tastes…
I loved that you appreciated refinement and simplicity…
I loved that hint of greediness you mastered with a misplaced concern for appearances…
I loved your silence which I broke with a pachydermic levity…
I loved the fact that you casually played the role of confessor or shrink…
I loved the idea, my charming *bourgeoise* from the Marais, that you would suggest having
coffee in your luminous apartment…
I loved your close distance and your remote intimacy…
I loved that you let me see your slender wrists when the traces of your past torments haunted
me…
I loved that you noticed certain of my faults, my dissatisfaction, fear of missing out,
naivety…
I loved your half-toned irony, a harsh way to stop whatever sentimental effusion you might
have surrendered to…
I loved that you were thinking, foolishly, of a certain day in May…

J'ai aimé le *Nes* trop corsé selon vous, dans la légère fumée des cigarettes…

J'aime votre, mon narcissisme blessé…
J'aime votre goût du spiritisme au point, parfois, de le partager…
J'aime nos désaccords si profonds et si vains…
J'aime que vous m'écoutiez et plus encore vous entendre…
J'aime vos silences animés par ce regard où s'agitent d'inquiètes marionnettes…
J'aime votre désir d'indépendance alors que nous nous imposons, je crois,
les mêmes contraintes…
J'aime nos contradictions insensées…
J'aime vos doutes et mes certitudes, vos certitudes et mes doutes…
J'aime votre côté Holly Golightly…
J'aime que vous soyez qui vous êtes, dure et fragile
comme ces porcelaines de Chine que j'aime tant…

(Paris, 24 avril 2012)

I loved the coffee you thought too strong in the light
smoke of cigarettes…

I love your, my wounded narcissism…
I love your taste for spiritualism to the point that,
sometimes, I share it…
I love our disagreements so deep and so shallow…
I love it that you listen to me and even more so I love to
hear you…
I love your silences livened by your eyes where anxious
marionettes are dancing…
I love your desire for independence while it seems that
we're imposing on each other the same constraints…
I love our senseless contradictions…
I love your doubts and my certainties, your certainties and
my doubts…
I love the Holly Golightly side of you…
I love that you are who you are, hard and fragile,
like the Chinese porcelains I love so much…

(Paris 24 April 2012)

(Translation by Norton Hodges)

Qui maudirait
Alice au Pays des Merveilles
La Panthère rose
Le tango ou Carlos Gardel
Sobre Heroes y Tumbas
A Confederacy of Dunces ?

Qui nierait
Que Paris est une fête
La vie une guinguette
Où l'on se noie dans
Un vaso de vino blanco
Au soir tombé
À la terrasse d'un café?

Qui ne succomberait
À l'idée d'une rose refusée
Parce que, prétend-elle
Avec un sourire,
« Monsieur, on a déjà couché… »

À l'amitié fût-elle sauvage
Au soleil à l'Orient violant
Sous une nappe de sang
La mer jamais recommencée ?

Qui refuserait
Une lecture imbécile
Ou des propos irréfléchis

Un baiser donné un baiser perdu
Un baiser volé un baiser rendu
Sans perdre
Et ses rêves
Et la réalité ?

(Paris, juillet 2011)

Who would think to curse
Alice in Wonderland
The Pink Panther
The tango or Carlos Gardel
Sobre Heroes y Tumbas
Or *A Confederacy of Dunces*?

Who would deny
That Paris is a moveable feast
That life is a dance hall
Where you can drown in
Un vaso de vino blanco
Sitting on the terrace
When evening has fallen?

Who would not succumb
To the idea of a rose rejected
Because, she claims
With a smile,
"*But, Monsieur, we've already slept together...*"

Or to a friendship were it wild,
Or to the setting sun
Beneath a sheet of blood
Raping the sea forever still?

Who could refuse
An idiotic reading
Or thoughtless words

A kiss lost a kiss given
A kiss returned a kiss stolen
Without losing
One's dreams
And reality?

(Paris, july 2011)

En écoutant Nina Simone…

« Tout est mouvement. Ça tourne.
Ça n'arrête pas de tourner, c'est fou. »
Jean Tinguely

I Put a Spell on You

Le souffle du vent
plissait la soie du ciel.

Entre eux, seul sortilège, sa voix
glissant des embellies aux nuées.

L'heure n'était pas aux serments de chiffon.

Elle répudiait métaphores et clichés,
pour se heurter à l'écorce rude
des souvenirs non partagés…

Quitte à saler des plaies mal refermées…

C'était bien ainsi,
dans l'ignorance des corps,
des confusions à venir.

Listening to Nina Simone

“Everything is in motion. Everything is turning.
It doesn’t stop turning, it’s crazy.”
Jean Tinguely

I Put A Spell On You

The breath of wind
made pleats in the silk of the sky.

Between them, the only spell, her voice
sliding from clear to cloudy weather.

This was no time for paper promises.

She refused metaphors and clichés
to run up against the rough bark
of unshared memories…

Even if it meant putting salt in badly healed wounds…

That was a good way to go,
ignoring the bodies,
the confusions to come.

Trouble in Mind

Charme du premier trouble,
indécis et perplexe,
du règne de la fiance,
jeux de rôles
tout en nuances
mutines, câlines,
songeuses aussi.

Viendraient les émois à vif,
l'abandon des chairs,
la saison des doutes,
des errances du cœur,
de l'âme en déshérence…

Viendrait l'abandon…

The Other Woman

Un printemps incertain,
aux terrasses des cafés,
vacillait dans les regards ;

alcools et fruits sans nom
dormaient au fond des verres.

Pauvre poète déjà, j'attendais
sa silhouette ardente
à l'angle convenu…

Et soudain sa robe de sinople
de fleurs impalpables
froissa mon silence…

Trouble in Mind

The charm of that first disturbance,
uncertain, puzzled,
of the reign of trust,
of role-playing
full of nuances:
impish, tender,
thoughtful too.

Then strong feelings would come,
and the surrender to the flesh,
the season of doubts,
of the heart's wanderings,
of the soul's disillusion

Then the renunciation…

The Other Woman

On café terraces,
an uncertain spring
flickered in people's eyes;

alcohol and fruit now nameless
slept in the bottoms of glasses;

Already a poor poet, I was waiting for
her eager figure to appear
on the usual corner

And suddenly her green dress
of intangible flowers
creased my silence…

Because I Love You

Oh, le vif flot furtif
des amours délictueuses
et mes craintes,
ressac ressassé
qu'une fine brise lissait.
« Embrassez-moi, » disait-elle.

Je l'embrassais,
sombrant,
souffle court,
dans le néant
de nos rêves
sans recours.

Don't Smoke in Bed

Au seuil même du reflux
de son désir déçu,
alors que s'estompait
l'encens des cigarettes,

Amant interdit
devant l'infante endormie,

je dessinais sa géométrie,
me perdant dans ses lignes
au gré de ses soupirs,
pour la protéger,

elle que rien n'atteignait plus,
pas même mes larmes retenues.

Because I Love You

O the vivid furtive flood
of forbidden love
and my fears,
ebb and flow of undertow
smoothed by a subtle breeze.
Kiss me, she said.

I kissed her,
sinking,
breathless,
into the emptiness
of our hopeless
dreams.

Don't Smoke In Bed

On the edge of the ebb
of her unsatisfied desire,
as the incense of cigarettes
slowly faded,

Disconcerted lover
before the sleeping infanta,

I drew her geometry
losing myself in her lines
at the whim of her sighs,
to protect her,

she, whom nothing could reach any more,
not even the tears I held back.

Don't Explain

Ses yeux perle
s'ennuageaient parfois :
Plaie pour plaie, rappelait-elle,
mystique mécréante, lectrice de l'éternel.

L'Exode n'est jamais loin,
ni les raisins suris
pressés jusqu'à l'ennui…

Années, je vous renie…
Familles, je vous vomis…

« Chut ! » esquissait son doigt,
droit tendu vers mes lèvres.

Sinner Man

Il n'est ni bien ni mal,
lui disais-je, entêté.

Seul l'instant pèse,
fruit mûr éclaté
à dévorer
avant sa chute…

Je te cacherai à jamais
sous des masques de fortune
pour caresser sans cesse
les langueurs de ton corps.

Don't Explain

Her eyes of pearl
sometimes clouded over:
A wound for a wound, she kept repeating,
mystic unbeliever, reader of the eternal.

Exodus was never far away,
nor the sour grapes
wearily pressed…

Years, I deny you…
Families, I spew you out…

"Quiet!" her finger sketched,
pointing straight at my lips.

Sinner Man

There is neither good nor evil,
I told her, stubbornly.

Only the moment has weight,
like a ripe fruit burst open
to be devoured
before it falls…

I'll hide you forever
under makeshift masks
to endlessly caress
your langorous body.

Wild is the Wind

Laissez-moi m'envoler avec vous,
pensait-il, au trembler du vent fou.

Apaisez ma soif,
suggérait son sourire
quand venait le soir.

Tout fusait alors,
poèmes et soupirs,
offrandes et délires.

Elle était l'aurore,
lui le couchant.

Comment ne pas voir que l'été indien
ne prévient pas la chute des feuilles ?

Feeling Good

Aux petites heures,
dans l'apesanteur
des chairs lasses,

seule vibrait
la brûlure de leurs bouches
épousées…

Le fracas de la ville
devenait villanelle

et les berçait enfin.

Wild is the Wind

Let me fly away with you,
he thought, as the wind trembled wildly.

Please quench my thirst,
her smile suggested
when evening came.

Everything flowed together then,
poems and sighs,
gifts and deliria.

She was the dawn,
he the setting sun.

How could they not see that an Indian summer
can't stop the falling leaves?

Feeling Good

In the small hours,
in the weightlessness
of weary flesh,

the only movement was
the burning of their
wedded lips…

the city's roar
became a villanelle

and finally rocked them.

Lilac Wine

Grisée de vin vert,
elle quémandait
des jeux pervers…

« C'est amour », disait-elle.

Grisée de vin en liesse,
elle brisait
les sabliers
voilait les miroirs,

pour dériver encore,
blonde geisha,
vers le monde flottant
de quelque Orient lointain
d'où il était banni.

Images

Si elle pouvait
danser dans les rues,
de sa seule nudité vêtue,

Elle saurait combien elle est belle…

Elle saurait combien elle est belle
au sel de mes yeux

et verrait son reflet
dans les murmures volages
des hommes si peu sages.

Lilac Wine

Drunk on dry wine,
she begged
for perverse games.

It's love, she said.

Drunk on *vin fou*,
she broke
hourglasses,
covered mirrors,

only to drift away again,
a blonde geisha,
to the floating world
of some distant East
from which he was banished.

Images

If she could
dance in the streets,
dressed only in her nakedness,

She would know how beautiful she is…

She would know how beautiful she is
in the salt of my eyes

and see her image
in the fickle murmurs
of men of very little virtue.

Mood Indigo

Tout un temps
entre eux deux
ce bal des ombres,
ce blues indigo.

Et parfois cette joie
de haute lisse qui se tisse,
se déploie
en une sourde possession,

dès qu'ils s'oubliaient…

Extase
embuée du blues
des tourments à naître.

If You Go Away

Si jamais tu pars…

Aimer ne se conjugue qu'au présent,
ainsi l'épellent les marguerites…

L'aurais-tu oublié ?

Si jamais tu pars…
Si jamais…

Ne me quitte pas,
Non, ne me quitte pas…

Mood Indigo

For a long time
between the two of them
this ball of shadows
this indigo blues.

And sometimes this joy
Of high wrapping
unfolds
in unhearing possession,

as soon as they forget themselves…

Ecstasy
clouded with the blues
of torments still to come.

If You Go Away

If you ever go away…

“To love” can only be conjugated in the present tense
that’s how the daisies spell it…

Did you forget?

If you ever go away…
If you ever…

Don’t leave me,
No, don’t leave me…

I'm Gonna Leave You

L'océan sépare plus
que le temps charlatan,
il le savait.

Cinglés par les pluies,
même les grelins s'effilochent.

Là-bas, au rythme d'un tango
ivre et fantoche,
dans les vapeurs bleues
du matin sommeilleux,

dans le sang d'un soleil blessant

s'effacent ses traces.

Plain Gold Ring

Tant qu'il aurait cet anneau
scellé dans sa chair, il serait autre.
Ils ne connaîtraient donc ni automne ni hiver.

Un don a suffi à conjurer le sort,
pendentif de pierre bleue,
talisman pour le calmer,
simple jouet pour le quitter.

Elle ne croyait qu'en elle,
c'était bien assez de douleurs.
Tout n'est donc que romance,
palimpseste de papier.

I'm Gonna Leave You

The ocean separates lovers more
than that charlatan, Time,
he knew that.

Whipped by rain
even tow ropes fray.

Over there, to the rhythm of a tango
drunk and puppet-like,
in the blue swirl
of the sleepy morning,

in the blood of a wounding sun

her tracks disappear.

Plain Gold Ring

As long as he kept that ring
sealed in his flesh, he would be someone else.
They would know neither autumn nor winter.

A gift was enough to ward off fate
a pendant with a blue stone,
a talisman to calm him,
a simple toy that let her leave him.

She only believed in herself,
that was enough pain.
It's all just romance now,
a paper palimpsest.

(Translation by Norton Hodges)

J'aimerais finir vieux poivrot à Pékin
Yeux écarquillés sur les pétales de cerisiers en fleur
Emportées par un vent de sable
Au printemps.

La Cité interdite s'effondrerait
Sous un ciel d'airain.
Dans les rues étroites
Les pousse-pousse, passant
Comme de lentes hirondelles,
Éclabousseraient de boue
Et d'ordures les cuvettes
Grouillant d'animaux marins
Et les étals couverts
De fruits étranges et de brochettes de scorpions.

Je hurlerais à la lune
Dans les jardins du Palais d'été
Et attendrais l'éclat d'une étoile solitaire
Pour faire un vœu insensé.

Un matin éclatant,
Dans une venelle,
Ils me trouveraient
Sous une couverture de poussière jaune,
Empereur oublié
Ou soldat de l'armée morte.

I’d like to end up a wino in Beijing
Staring at the petals of cherry-blossoms
Blown away by a sandy wind
In spring.

The Forbidden City would tumble down
Under a brazen sky.
In the narrow streets
The rickshaws, sweeping past
Like slow swallows,
Would splash mud and trash
Onto the basins
Swarming with sea creatures
And the stalls covered with
Strange fruits and skewers of scorpions.

I would howl at the moon
In the gardens of the Summer Palace
And wait for the twinkling of a lonely star
To make a foolish wish.

On a bright morning,
In a mews,
They would find me
Under a blanket of yellow dust
Like a forgotten emperor
Or a soldier of the dead army.

JEAN-FRANÇOIS SENÉ est professeur honoraire d'Anglais (Agrégé de l'Université), écrivain et traducteur. Ses poèmes sont souvent publiés dans des revues et des anthologies; il a aussi publié des nouvelles, des articles consacrés à des poètes (Philippe Jaccottet, Francis Jammes, Jean Kobs, etc.) ou des écrivains comme Paul Léautaud. Ses traductions de l'anglais couvrent divers domaines (histoire, sciences sociales, fiction, etc.).

Il a obtenu divers prix pour ses poèmes (dont le Prix de poésie de la Fondation Simone de Carfort, Fondation de France) et est membre du PEN Club de France.

Brève biographie:

D'ici et d'ailleurs, Nouvelles (Paris, Éclats d'encre, 2000)
Passions tristes, Poèmes (Paris, Éclats d'encre, 2002)
Tombeau des belles disparues, Poèmes (Paris, Éclats d'encre, 2009)
Poème pour Indochine, Poèmes (Paris, Éclats d'encre, 2011)
Testament bleu de nuit, Poèmes (Paris, L'Harmattan, 2011)

JEAN-FRANÇOIS SENÉ is a former professor of English (*Agrégé de l'Université*), a writer and translator. His poems regularly appear in reviews and anthologies. He has also published short stories, literary essays on poets such as Philippe Jaccottet, Francis Jammes and Jean Kobs, and on writers such as Paul Léautaud. His translations of books in English cover many genres including history, social sciences and fiction.

He has been awarded several prizes for his poetry, among them the Simone de Carfort Foundation Poetry Prize (Fondation de France). He is a member of the PEN Club of France.

His published works include:

D'ici et d'ailleurs, Short Stories (Paris, Éclats d'encre, 2000)

Passions tristes, Poems (Paris, Éclats d'encre, 2002)

Tombeau des belles disparues, Poems (Paris, Éclats d'encre, 2009)

Poème pour Indochine, Poems (Paris, Éclats d'encre, 2011)

Testament bleu de nuit, Poems (Paris, L'Harmattan, 2011)

NORTON HODGES est né en 1948 à Gravesend, Kent, Angleterre. Il a étudié le français et l'allemand à l'Université de Swansea, Pays de Galles, et a enseigné les langues modernes durant 22 ans. Il a été aussi employé de bureau, critique littéraire, et a donné des cours d'alphabétisation pour adultes. Il a une maîtrise (1980) et un doctorat (1998) en langue et littérature.

Norton Hodges a publié des articles de fond et suivi les cours de poésie de l'Open College of the Arts. Après avoir pris sa retraite de l'enseignement en 1997, il a commencé à proposer ses poèmes à diverses revues littéraires. Depuis, ceux-ci ont été publiés sur l'Internet, dans de nombreux magazines anglais et des anthologies. Ils ont été traduits en français, russe, bulgare, albanais, portugais et en ourdou, et numérisés par la Poetry Library, Londres.

Norton Hodges a traduit en anglais les poètes francophones Athanase Vantchev de Thracy et Théo Crassas. En 2005, il a reçu le Grand Prix International de Poésie de l'Institut Solenzara (France).

NORTON HODGES is the author of four volumes of poetry and eight translations. He studied French and German at the University College of Swansea and taught Modern Languages for 22 years. He has also worked as a pay clerk, book reviewer, and adult literacy tutor. He has an M.A (1980) and a PhD in Language and Literature in Education (1998); he has published academic articles and has completed an Advanced Poetry Course with the Open College of the Arts.

In 1997, he began to submit his poetry for publication. He has since been widely published in English poetry magazines and on the Internet. His work has also appeared in anthologies, has been translated into French, Russian, Bulgarian, Albanian, Portuguese and Urdu and has been digitised by the Poetry Library in London. He has also translated into English the work of the francophone poets Athanase Vantchev de Thracy and Théo Crassas.

In 2005, he was awarded the Grand Prix International Solenzara by a French jury from the Institut Solenzara.

Poésie France
aux éditions L'Harmattan

Dernières parutions

LA TERRE EN AMOUR
Roger Thirault
La contemplation autant que l'évènement heureux savent dicter les mots de ce chant à la terre. Ici on ne lit pas seulement une adresse de l'homme à la terre mais de la terre à l'homme dans cet échange exceptionnel que connaît une pensée chamanique.
(Coll. Poètes des cinq continents, 10,5 euros, 74 p., juillet 2017)
EAN : 9782343124032 EAN PDF : 9782140040801

SUR LA CENDRE D'UN MURMURE
Pedro Carmona
Le poète a du temps plein les mains, qui glisse entre ses doigts ou colle à ses paumes et les hommes ont, eux, les bras tendus d'orages. Comment entrer en un lieu sans porte ni fenêtre ? Pour s'ouvrir au possible inenvisagé, le poème se tisse entre parole et silence ; il décharne l'ombre.
(Coll. Poètes des cinq continents, 13 euros, 106 p., juillet 2017)
EAN : 9782343122144 EAN PDF : 9782140041815

LA PRÉSENCE SIMPLE DES CHOSES
Eric Chassefiere
«Que le petit jardin dans sa cage de murs à l'instant où vient la nuit s'embroussaille de vent.» Le livre propose cinq parties, cinq «déplacements», composés de trois poèmes chacun. Par le voyage, cette poésie descriptive explore le quotidien dans les détails.
(Coll. Poètes des cinq continents, 16 euros, 148 p., juillet 2017)
EAN : 9782343123363 EAN PDF : 9782140041563

GUERRES D'AMOUR
1967-2002
Igor Pougoffkhine
Les deux parties du recueil sont distinctes tout en étant en résonance l'une avec l'autre. L'amour, au centre du propos, se décentre sans cesse de l'aimant à l'aimée selon ce voyage d'amour que fait en chaque fragment une écriture de grand lyrisme. Contre l'amour des guerres dévastatrices, l'auteur nous immerge dans cette simplexité de la guerre amoureuse des grandes quiétudes extasiées.
(Coll. Poètes des cinq continents, 20 euros, 210 p., juillet 2017)
EAN : 9782343125060 EAN PDF : 9782140042249

TRACES DE L'OMBRE
Alain hajdu
Depuis plusieurs années Alain Rivière écrit sur la brutalité de la vie quotidienne et sur les guerres, les migrants et les sans-abri d'un monde saturé d'images et de moyens dits de communication. L'auteur nous fait part d'un autre regard et d'une autre envergure que la poésie peut nous révéler. Les poèmes sont devenus des traces pour faire un autre chemin...
(Coll. Poésie(s), 13,5 euros, 116 p., juillet 2017)
EAN : 9782343124209 EAN PDF : 9782140041952

BRUISSEMENTS D'ELLES
Eléonore Yasri-Labrique, Myriam Labrique
Bruissements d'elles est une évocation de paysages multiples parfois lointains, de rencontres inattendues souvent bouleversantes, qui témoigne du parcours des deux auteurs et des résonances entre leurs approches et leurs sensibilités.
(Coll. Poésie(s), 12,5 euros, 88 p., juillet 2017)
EAN : 9782343122298 EAN PDF : 9782140042171

EXISTER SUFFIT
Véronique Joyaux
Le recueil évoque la fin d'une relation alors que l'amour subsiste pour l'une tandis que le fil s'est cassé dans le couple. Aux yeux de cette femme-là, se séparer n'est pas déchirer les pages mais les tourner, laisser la porte ouverte aux possibilités qu'offre encore la vie. Les illustrations sont de Pierre Rosin.
(Coll. Poésie(s), 9 euros, 50 p., juillet 2017)
EAN : 9782343123295 EAN PDF : 9782140042270

D'OMBRE ET DE VENT
Antoine Carrot
L'auteur s'interroge sur la notion du donner et du recevoir, sur l'attitude juste qui permet l'équivalence. Ses questionnements se bousculent parfois, jusqu'à ce que, finalement, il accepte la vacance et l'absence de réponse. Les limites de la pensée enjoignent à un retour aux sensations, à l'écriture.
(13,5 euros, 116 p., juillet 2017)
EAN : 9782343123493 EAN PDF : 9782140041730

JERICHO
Didier Bazile
Ce recueil est né d'un récent voyage en Palestine, les poèmes ici rassemblés écorchent l'absurdité de la violence et les ravages des conflits. Les textes s'arrêtent sur ce qui nous fait obstacle pour continuer à respirer quand l'air nous manque tant face à certaines situations du monde.
(Coll. Poètes des cinq continents, 12 euros, 78 p., août 2017)
EAN : 9782343119014 EAN PDF : 9782140042973

MICHEL DE MONTAIGNE EN POÉSIE
Jean-Marie Rainaud, Maurice Rainaud
Ce modeste ouvrage répond à la volonté d'inviter les citoyens à pratiquer les *Essais*, souvent cités et rarement lus et comportant des développements sur des thèmes

occultés comme le divorce, le sexe ou le viol. Lire Montaigne permet de saisir le poids des mots, la richesse de la pensée et l'originalité du vocabulaire. Les auteurs y adjoignent leur propre vision et revendiquent la subjectivité de leur texte.
(13 euros, 108 p., août 2017)
EAN : 9782343119564 EAN PDF : 9782140042911

SOUS LA SOIE…
Marie-Claire Mazeillé
Poèmes et nouvelles évoquent, jusqu'à les sublimer, la rencontre et l'absence, l'attente et la sensualité. Sous la soie, s'y dévoile le désir, un érotisme subtil et élégant. Il n'y a pas d'âge pour être amoureux !
(Coll. Poésie(s), 14 euros, 120 p., juillet 2017)
EAN : 9782343121376 EAN PDF : 9782140040795

LE MESSAGER
Suivi de *Clair-obscur*
André Prone
Sans visage et sans yeux, comme une sorte de vision seconde, le messager vient nous rappeler la dure loi du néant. Le doute au cœur, ébrieux dans ce noir silence enivrant, nous tituberons jusqu'à l'interrupteur, mais la lumière ne jaillit plus. Alors s'il est encore temps, avant d'avoir à résoudre le vrai mystère, prenons courage à ce poème plein de truculentes dérisions et laissons le rêve arroser les murs de nos envies avant que ne s'annonce la douzième heure.
Coll. Poètes des cinq continents, avril 2017, 100 pages, 12.50 euros
ISBN : 978-2-343-11861-1 / EAN PDF : 9782140035678

BONHEUR À PERTE DE VIE
Fisso Reynaud
Que feriez-vous s'il ne vous restait qu'une seule journée à vivre ? Confrontée à cette situation ultime, Delphine Bonheur décide de faire de ce compte à rebours un conte poétique. Tout au long de sa quête vers la lumière, l'héroïne célèbre la vie : inspirée par la puissance des mots qui peuvent encore enchanter son présent, elle explore le temps, l'amour, la musique qui ont marqué son destin. Ce récit tendre et profond se compose d'instantanés écrits tout en finesse. Porté par une plume ciselée et un style épuré, ce voyage intérieur délivre un message universel, plein d'humanité et d'émotion juste.
Coll. Témoignages poétiques, avril 2017, 172 pages, 17.50 euros
ISBN : 978-2-343-11826-0 / EAN PDF : 9782140034046

TERRE PROMISE
Villebramar
Préface de Myriam Montoya
Illustrations de Benoît Lacou et de Nicolas Oulès
Villebramar, auteur français d'origine catalane, s'affirme dans *Terre promise* comme le poète de deux cultures. Il nous propose ici plusieurs poèmes où la violence et la révolte peuvent coexister avec une très grande tendresse. Ce mélange des genres très particulier fait selon nous la richesse et la force d'une œuvre qui ne vous laissera pas indifférents.
Coll. Poésie(s), avril 2017, 62 pages, 10 euros
ISBN : 978-2-343-11600-6 / EAN PDF : 9782140033568

LA SYMPHONIE HÉROÏQUE
Nouvelle édition
Henri Edmond Henry-Jacques
La Symphonie héroïque est une évocation vibrante et lyrique de la vie et de la mort des poilus de la Grande Guerre, traversée d'un souffle épique indéniable. Le poète y témoigne avec force et émotion des souffrances et des espoirs de cette génération sacrifiée, du départ pour le front au dernier coup de feu avant l'armistice. Il y décrit avec réalisme et précision le quotidien des soldats qui s'efforcent de conserver un semblant d'humanité au milieu des horreurs et des atrocités qu'ils vivent, mais surtout il dénonce l'absurdité de cette guerre et l'imposture cynique de ceux qui la glorifient.
avril 2017, 236 pages, 24 euros
ISBN : 978-2-343-11650-1 / EAN PDF : 9782140034114

IL EST TEMPS DE VOUS DIRE...
Poèmes et chansons
Arnaud Askoy
C'est à l'âge de 43 ans qu'Arnaud Askoy découvre sa voix qui le conduira à partir de 2013 vers une carrière de chanteur. Avant cela, il exerce d'autres métiers, vit d'autres expériences qui font aujourd'hui ce qu'il est : auteur-interprète, peintre et poète. Cet ouvrage est un recueil de ses poèmes et textes de chansons.
Coll. Cabaret, mars 2017, 138 pages
EAN : 9782343117256 / EAN PDF : 9782140033278

LES MOTS DE LA LUNE RONDE
Michel Cosem
Avant-propos de Jacqueline Saint-Jean
Chaque prose capte ici un lieu, un instant, saisis dans leur vérité et leur mystère. Une attention bienveillante et songeuse recrée chaque microcosme, par le prisme des sensations vives, la saisie de détails justes, la focalisation finale sur un gros plan. (Jacqueline Saint-Jean)
Coll. Témoignages poétiques, mars 2017, 106 pages
EAN : 9782343113418 / EAN PDF : 9782140032431

POÉTHIQUE DE L'OMBRE
Philippe Tancelin
Ce livre, autant poétique que politique, poursuit solitairement l'œuvre commune d'une « esthétique de l'ombre », entreprise il y a plusieurs années avec Geneviève Clancy. Montrant que la poésie permet d'appréhender sa présence au monde lorsqu'elle s'inscrit dans l'histoire, l'auteur alterne ici entre poèmes et réflexions, entretenant alors un dialogue de visionnaires de l'histoire.
Coll. Poètes des cinq continents, 16,5 euros, février 2017, 150 pages
ISBN : 9782343109671 / EAN PDF : 9782140028939

L'HARMATTAN ITALIA
Via Degli Artisti 15; 10124 Torino
harmattan.italia@gmail.com

L'HARMATTAN HONGRIE
Könyvesbolt ; Kossuth L. u. 14-16
1053 Budapest

L'HARMATTAN KINSHASA
185, avenue Nyangwe
Commune de Lingwala
Kinshasa, R.D. Congo
(00243) 998697603 ou (00243) 999229662

L'HARMATTAN CONGO
67, av. E. P. Lumumba
Bât. – Congo Pharmacie (Bib. Nat.)
BP2874 Brazzaville
harmattan.congo@yahoo.fr

L'HARMATTAN GUINÉE
Almamya Rue KA 028, en face
du restaurant Le Cèdre
OKB agency BP 3470 Conakry
(00224) 657 20 85 08 / 664 28 91 96
harmattanguinee@yahoo.fr

L'HARMATTAN MALI
Rue 73, Porte 536, Niamakoro,
Cité Unicef, Bamako
Tél. 00 (223) 20205724 / +(223) 76378082
poudiougopaul@yahoo.fr
pp.harmattan@gmail.com

L'HARMATTAN CAMEROUN
TSINGA/FECAFOOT
BP 11486 Yaoundé
699198028/675441949
harmattancam@yahoo.com

L'HARMATTAN CÔTE D'IVOIRE
Résidence Karl / cité des arts
Abidjan-Cocody 03 BP 1588 Abidjan 03
(00225) 05 77 87 31
etien_nda@yahoo.fr

L'HARMATTAN BURKINA
Penou Achille Some
Ouagadougou
(+226) 70 26 88 27

L'HARMATTAN SÉNÉGAL
10 VDN en face Mermoz, après le pont de Fann
BP 45034 Dakar Fann
33 825 98 58 / 33 860 9858
senharmattan@gmail.com / senlibraire@gmail.com
www.harmattansenegal.com